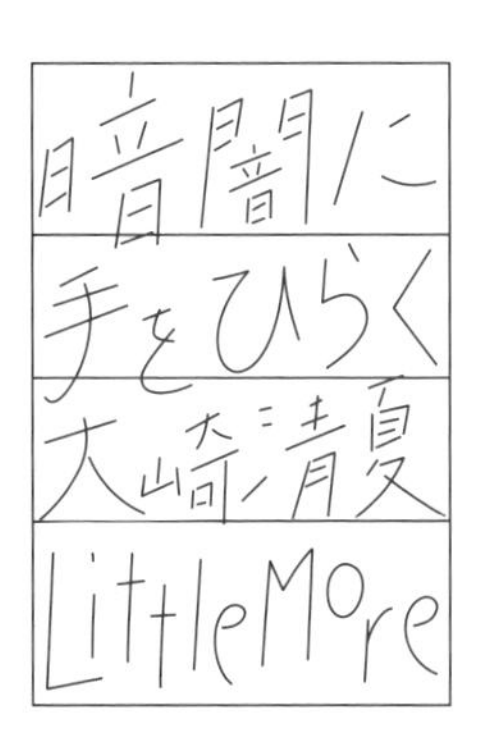
暗闇に
手をひらく
大崎清夏
LittleMore

暗闇に手をひらく

大崎清夏

目次

暗闇に手をひらく

七月音頭と鹿

明るいところを歩く

私は思い描く

暗闇に両手をかかげ
そして　ひらいてごらん。

辺りいちめんまっくらになり
何もみえなくなったときには
それがそこにひらかれてあることを
あなたは目ではないものでみるだろう。
右手が左手を　左手が右手を
疲れ果てた両目のかわりに
みつけだしてくれるだろう。

それから両手が探りあてるだろう
そこにいる　もうひとりの誰かを。
四つのてのひらが

季節を迎えた獣たちのように
温かい体温を交換しあうだろう。

暗闇に両手をかかげ
そして　描いてごらん。

二万年前の　誰かの血
土とあぶらと樹液を混ぜた
絵の具で描いた絵に似せて。
ぼやけてしまった古い絵に
新しい絵が重なるとき
壁だったものは世界になる。

生きものの営みが世界に満ちる。

氷がゆっくり溶けてゆく。
夢みたもの
願ったもの
ほしいものが映しだされ
争いは激しくなるだろう。
描く手は動きを止めないだろう
もう描きはじめてしまったから。

暗闇にかかげた両手を
そっと　下ろしてごらん。

街中の警報が鳴り響いて
そこここで河の水が溢れても
あなたの身体ははたらきたがる。

――大丈夫だよ、ここにいれば。
――怖いことなんか、なんにもないよ。
――必要なものは、揃っているよ。

人間の作った小さな場所では
言葉はときどき、信じることが
震えてくるほど難しい。

想像もつかなかった光景を見て
何も持たずに逃げてきたあなたを
下ろした両手は抱きしめる。

暗闇に手をひらく

始まる日

花を摘む方法についての
詩を書くつもりだった
でもやめた　もっとずっと
力強い詩が必要になったから

水仙の凜々しい季節だった
野生　花　摘む　方法
検索画面に打ちこむ指を止めて
私は書いた　いますぐ送るため
――無事ですか　どうかどうか安全なところにいてください

一年の始まる日の日が沈み
私は生きて息をしていた
自分のために温かいお茶をいれ
自分のために台所に立っていって夕飯をつくり
自分のためにジャームッシュの映画を観た
（そのときできることといえばそれくらいだったから）
音楽をかけて一緒に歌い
一度だけひどく泣いた

私たちはなんにも調べきれないままきょうも生きる
災害時　寒さ　しのぐ　方法
手　温かい　握る　方法
通行止め　翼　届ける　方法
あなた　遠い　抱きしめる　方法

大切な人　いない　生きる　方法

なんにも調べきれないまま　それでも
始まる日よりもずっと前に
私たちが私たちを始めたこと
——きっと大丈夫　とても、ほんとうに、心強かった

私は外に出る　水仙を探しに
花の摘みかたをこの手は知っている
驚くようなことばかり起きたから
思いだしたんだ

あとに残らないものを作る

私たちはあとに残らないものを作るだろう
血や肉や身体の栄養になるもの
ひと晩で消える夢のようなもの
あるいは朽ちて崩れてゆくもの
すぐに土に還るものを

私たち自身もあとには残らない
美について夜どおし語りあう声や
長いくちづけの隙間から溢れる息
隣の窓から漏れ聞こえてくる喧嘩
自転車がはこんでゆく鼻歌

そういうものと同じように
私たちは消えることができるはず

あとに残すこと自体は
ごく簡単にできる——どころか
残されたものに辟易しながら
残されたものに歓喜しているのが
私たちのほとんどの日々

すべてを残そうとして
憶え　記録し　保管することに
持ちえた力を費やす人もいる
詩人ではないかもしれないけれど
真面目で善良で責任感がつよくて

きれいなところだけ残すために
あらゆる視点の可能性を検討し
腐心する人もいる
眠る時間を削り
食べることも忘れて

私たちはみんな一時的
私たちに集中力が必要なのは
反復する理性の狂気と感情の氾濫を
思うぞんぶん浴びるため
物理の得意なあなたはいつか
「感情なんて一時的な
取るに足らないもの」と言ったけど

感情が与えてくれるすべての
手厳しい豊かさがなければ　私は
こんなに愉快に長生きしたかわからない

喉を震わせて
みぞおちを震わせて
私たちはあとに残らない歌を歌うだろう
歌が震わせた空気はやがて
誰かの耳朶にそっと触れ
穏やかな海の波に混ざり
夏椿の葉を微かに揺すって
こんなふうに消えるといいよと
光に溶けてゆくだろう

六角形の窓

わたしがことばを組みあわせて
詩を一篇　作ろうとしていたとき
そのひとは暮らしひとつぶんの
詩を生きようとしていた

わたしが文法に闘いを挑んで
いくつかの韻律と踊っていたとき
そのひとは光る林に佇んで
伐りだす落葉松（からまつ）の重みを体に受けた

わたしの列車が長い橋を渡るころ

そのひとは湧く水を汲みに行き
わたしの机から原稿が滑り落ちるとき
そのひとの庭には銀杏の葉陰がゆれた

ほんとうの　呼吸のしかたを
伝える風景を描きなさい
おまえは文字を使って
おまえは雪の降る地に
ひとが　ほら　集まってくる

水を張った田んぼの柔らかな土
黄色いあやめと　ひらいたこごみ
昼寝の気配　蜜蜂の羽音
わたしたちが澄んで笑ったこと

夜空の下で裸になるのも
いとみみずの蠢きも
こわくなかったこと

わたしが海の鯨雲を眺めるとき
そのひとは裏の杉林を見つめた
まっすぐ、まっすぐ、まっすぐ
自分の仕事を全うすると決め
遠く　みえない手を繋いで
同じ花を　それぞれの今日に
咲かせようとして

風の匂いを四人で嗅ぐ

誰も知らない屋上で
初夏のとくべつな風の匂いを
私たちは夜空に鼻をつきだして
四人で嗅いだ

いつか河口湖へキャンプに出かけた四人でも
いつかスタジオで音を合わせた四人でもなく
見知らぬ者どうし　うれしい狼たち
今夜ばかりの四人

土曜日　ここは繁華街だから

匂いにはスパイスの香りが混ざって
風まで混雑している

茶沢通りをまっすぐ照らす二列の街灯は
どこか遠い　鄙(ひな)びた温泉街に
続いているように見える

どれだけ待ったのか忘れたまま
私たちは　生きる番になって
屋上を見つける幸運に
恵まれたり
逃げられたり

こうして裸の狼に擬態して

うっかり満ちてしまった後で
夜がさらさらこぼれていくのを
なすすべなく
眺めて

あまり死ぬことを怖れたくないねと
いつか私に言った人は
まだ生きていて
私もまだ
生きている

ほら、いま
風が風の匂いになった

都市と信仰

真新しい空中店舗の看板に描かれた
どこかの都市では全員食べるという噂の肉が
どうしよう　まったく美味しそうに見えない
隣の席ではあんなに楽しげに
さっぱりした服を着た若者たちが笑っている

換金することでしか手に入らない貧しさが
陳列されて目映（まばゆ）く輝く新築の超高層ビル
そこに私を必要とする人がいるらしいが
ほんとうはもう行きたくない
いつまで資本主義の召集に応えるのだろう

高原の霧をまとった手紙が届く朝なのに

吐き気のしてくる人波に何度も放りこまれ
流通の果て　知らないうちに加担させられ
無知の鉄板で焼いたものしか選べずに
地上のどこかで今日　家をうしない倒れるまで歩いた人の
その家を潰したのは私なのだ

ちいさな信仰が悲鳴をあげている
その肉がなんの肉なのか教えてください
誰から奪った命なのか教えてください
ここで穫れるものはなんですか
ここで育つものはなんですか

朝のあいさつ

鏡の中に
ひとりの朗らかな人がいる
すこし寝不足ぎみに見えるが
肌の調子はわるくない

昨晩わたしたちは長い会話をして
傷の痕をあちこち見せあったらしい
朗らかな人は黙って歯を磨く
人間のひみつは一層わからない

おはよう、 長生きしそうな人

おはよう、誰でもない人
朗らかな人に　白髪はまだない
奇跡です、と専門家には言われたけれど
ふしぎとそんなにうれしくなかった

おはよう、魔法のとけた人
おはよう、不足しがちな栄養
おはよう、元気に落ちる病葉（わくらば）
おはよう、伸びた爪、おはよう

あの踏切で去年（こぞ）の夏
自転車で派手に転んだ脛（すね）の
いま　やっと消えてゆく
心のかたちの青痣、おはよう

天気図の隅に明け方うまれた
非常に強い台風は
やがて上陸するだろう
窓の外は秋　晴れている

作って食べる

なにも変わらないよ、はたちの頃と。
だけどね、料理はすごく上達したと思う。
料理してると、匂いでわかるようになった
あ、私の生活はこっちだ、合ってるって。
キッチンカウンターには、なみなみ注いだ
冷えた白ワインのグラスが一杯ある。
それを飲み飲み、好きなものを、毎晩
ひとりで食べきれるぶんだけ作る。
キャベツのクミン蒸し。
にんじんと細切りチーズのラペ。
薬味どっさり盛ったにゅうめん。

蒸し鶏。きのこソテー。塩たまご。
ラム酒いりヨーグルトケーキ。

私には、憧れていたおんなたちがいた。
新しい形の服をひたすら作ったおんな。
男ばかり集まるサロンを切り盛りしたおんな。
こどもの文学をたくさん翻訳したおんな。
あるおんなは、すごく格好よく煙草を吸った。
あるおんなは、あっちこっち出かけて歌った。
あるおんなは、恋もしないで何か書いていた。
なぜそんなものに憧れたのか
(彼女たちはもういないし、)
説明するのは難しい。

温めたオリーブオイルでかぶを焼いて
塩をふってレモンを絞って食べる。
あぶらにも果汁にも歯ごたえにも塩気にも
いなくなったおんなたちが作ってくれた
ごちそうの匂いが混ざっている。

それで私はもう、いいか、って思う。
もうおなかいっぱい。もう、だって私は
作れる、自分で
(私の生活はこっちだ、)
いい匂いの漂ってくる、きょうを。

女ともだち

私たちはよく喋ったものだ
結婚すべきかすべきでないか
子をうむべきかうむべきでないか
仕事を続けるべきか変えるべきか
男を捨てるべきか赦してやるべきか
私たちの復讐のために
どんなふうに人生を
愉しんでやるべきか

戦略を立てるために
私たちはよく喋ったものだ

そしていざ準備が整うと
黙って各々の戦場に向かったのだ
（そうして無理難題に挑んだのだ
　登る道のない山の麓に立ち
　首を絞められても発言し
　眠らされても走って逃げて――）

いまでは彼女たちと会うことはない
年に一度　でなければ数年に一度
遠くの惑星に手を振るように
短い信号を送りあうだけだ

あるいは信号が絶えて久しくても

奈落に落ちていきそうなとき
彼女たちの名前を唱える
丁寧にはたらき
勇敢に愛し
人間を育て
研究し　治療し　教え
詩や絵や劇や音楽をつくり
傷ついても傷ついても傷ついても
まだ血の通った足で立っている
彼女たちの名前を

二十一億光年の彼方から
短い信号が返ってくる
どんな判決の前例より

どんな偉人の物語より
たしかな光が

angelito

あの子のことは知りません。
母親に抱かれて
眠っているように見えるけど
ほんとうは死んでいるんです。
でもほんとうって何でしょう。

生き延びるためには技術が必要でした。
あの子がここに写っています。
白い服を着て、手には花を持って。
死んだこどもは
angelito（あんへりーと）って呼ばれるそうです。

あの子があの子のまま神様の世界へ行くように。
でもあの子は
死ぬ前から angelito だったんです。
最初からそうだったんです。

悲しいことは何もありませんでした。
悲しいというならすべてが悲しいことでした。
母親の顔を、目を見てください。
彼女は、死んだこどもを抱えています。
彼女の見ているものは違います。

最初っていつのことでしょう。
彼女は道に立って、考えています。
最初っていつのことでしょう。

写真館を出て
彼女の髪は乾いた風に舞っています。
彼女のこどもは死にました。
ここに写っているものは違います。

こどもは、いずれいなくなります。
それでもまだ彼女はひとつの生活をもっています。
これからまだいくつか嘘をつかなくてはなりません。
服や食べものをどこかから用意する必要があるし
どんな仕事だってやってやろうと覚悟しており
でもできれば
なるべく辛くない方法でお金を手にいれたいと望み
とにかく毎日できるだけの労働をして
なんとか満足しようと思っています。

いまもやっぱり、そう思っているのです。

写真を撮られる前か、あとか
誰にも見られない場所で
彼女は泣いたに決まっています。
でも不幸ではなかったのです。

いいんです、手放すのはいいんです。
あの子は、最初からangelitoでした。
いいえ、あの子のことは知りません。
でもあの子の母親は——あれは私です。
私はあの子の母親です。

いいえ、こどもを産んだことはありません。

母性なんて信じていません（ぼ、ぼ……！）。
私が彼女と共有しているものを語るために
月経や妊娠を持ちだす必要はありません。
そんなことよりほかに、私たちは関係をもっています。

同じベッドですやすや寝たこともあるし
化粧道具を貸し借りしたこともあるし
むかし着ていた服をあげたりもらったり
男をかたっぱしからばかにしたり褒めたり

それでいまは
私たちは道に一緒に立って
私たちの髪の毛が風に舞うのを見ているんです。

※メキシコ及びラテンアメリカ地域では、こどもの死者をアンヘリート（小天使）と呼び、二〇世紀なかばまで写真におさめる習慣がありました。

青い鳥たち

わたしが歌うためには
まだ辞書に載っていない
言葉が必要でした
それは新しい言葉
わたしの言葉でした

もちろん知っていました
言葉に所有格を付ける行為の
稚拙さも　恥ずかしさも
それでも必要でした
わたしが歌うためには

わたしが生きるためには

ある日誰かが造ったはずです——
たとえば「言葉」という言葉も

わたしの手でそのかたちを造ること
この小さな手と頭とで造りあげ
舌でさわって確かめること
わたしが歌うためには
わたしが生きるためには

青い鳥たちと　わたしと
そのこころは　たいして違わないと
わたしは信じているのです

襟ぐりをひらく

あの日　私たちは一斉にあの風邪に罹った。
ながくながく罹ったままでいて
何年か過ぎたある日
一斉に快復した。

いつもは治ったら忘れてしまうのに
あの風邪のことはみんな憶えていた。
透明に風を仕切る無意味な板が取り払われても
風化を危惧する人は誰もいなかった。

ある人は　ただの風邪だと言い続け

ある人は　恐ろしい風邪だと言い続けた。
――ふうじゃはくびのうしろからはいってくるぞ。
噂が広まり、人びとはこぞって首を隠した。
（いや、これは何かの間違いだろう。
他の多くの文献では、人びとが隠したのは口と鼻だったと記されている。）

風邪に苦しんだ人たちは黙っていた。
看護人たちは黙々と仕事を続けた。
ぴんぴんと元気によく喋る男ばかりが
入れかわり立ちかわり画面に映った。
（つまり、罹ってもまったく苦しまなかった人もいたのだ。）

ほかの　昔ながらの風邪と同じように
あの風邪は幾つかのいのちを取っていった。

生き残った人たちは黙々と仕事を続けた。

二月のことだった、そのうちのひとりは
夜半に春の匂いを鋭く嗅ぎつけ
襟ぐりの広い薄い服に着替えると
ずかずかと表へ出ていった。
そして鎖骨のあたりから手を差し入れてぐいとひらき
風を首もとに流しこんだ。

記念写真

昨日　仕事帰りに乗った
路線バスの　私のとなりに
座ったひとは　疲れた貌（かお）をして

昨日　仕事帰りに乗った
路線バスの　私のとなりに
座ったひとは　疲れた貌をして
私たちはお互いに
お互いの貌を見ることはない

昨日　毎晩毎晩の　疲れた暗闇を走る

路線バスに乗っていたひとに　その日
祝うべき節目がひとつ　あったとして
隣に座る疲れた私が
その貌を見ることはない

路線バスに乗って
私たちはみんな　お互いに気を遣って
黙ったまま　見えない貌のまま　すれ違う

けれどもここにひとつの写真という技術があって
それは残すことができるらしい　あなたが　祝うべき節目について
あなたが　毎晩毎晩の　暗闇を懸命に走るあなたにおいて　祝うべき節目について
その決意や　感謝や　おかしみや　責任感や　満足感や　願いや　喜びについて
それは残すことができるらしい　どころか

それは私にも見えるようにするらしい
あんなに近くに座っても見えなかったあなたの貌、あなたの物語を
そのために検討された構図のなかで　演出されて　ポーズをとって
撮った写真が　撮られた写真が　一枚
あなたがこれから帰る場所の
あなたが玄関のドアを開けて　ただいまーと言って
ああ疲れたと言って　どさりと座る椅子から　よく見える壁の
よく見える高さに　記念写真が　飾られているとすれば
ポーズをとって　目をみひらいて　真剣な顔で　マスクをはずして　笑って
撮った写真が　撮られた写真が　一枚

いつどこで買ったのかも忘れてしまった
まるであなたがここに暮らす前からその壁にかかっていたかのような
掛け時計の右下に

まるであなたが生きる前からその壁に飾られて
あなたを祝っていたような　そんな貌で

蒔かれる

ある日わたしは文学のために出かけた
目的地の入り口に人が立っていた
何か大きな声で　悲痛な声で
その人は叫んでいた
多くの人がころされて死んだことについて
こどもがたくさんころされて死んだことについて
彼らが傷ついて苦しんだことについて
その人はわたしに思いださせた
わたしは入り口を通って文学へ向かった

ある日わたしは芸術のために出かけた

駅前の広場に人が立っていた
何か大きな声で　呼びかける声で
その人は叫んでいた
多くの人が爆撃を逃れて歩いている道について
安全な場所がどこにあるのかわからないことについて
いまのいま、彼らがひどく飢えていることについて
その人はわたしに思いださせた
私は広場を抜けて芸術へ向かったが
それからしばらく後
うちで寛いでいたとき
わたしの土に種が蒔かれているのに気づいた
たぶんあのときだろう
あの広場か
あの入り口か

いま　ここは　初夏の夜
シーチングのカーテンが
幽霊みたいにふくらんで
網戸の向こうの暗がりから
何か降る音が忍びこむ
爆弾じゃない　通り雨だ

キャットタワーのてっぺんで
猫があくびをひとつする
平和について　何を書くのか
どのように　それは声に
あるいは種に　なりうるか
いま　ここは　初夏の夜

わたしは体を起こして考え始める

立ち止まるために

どこで会えるだろう　私たち
待ちあわせたはずなのに思いだせない
街を歩けば時間と場所を示す記号が
いたるところに見つかるのに
時間と場所さえ決めてしまえば
世界じゅうどこでだって
誰とだって会うことができるのに
忙しい私は早く決めたいひと
決めなければ永遠に会えないままかもしれないし
それにあなたもきっと追われるのが嫌いじゃない——違う？

おそれ
入りますが、
切手を
お貼り
ください。

読者ハガキ

151-0051
東京都渋谷区千駄ヶ谷3-56-6
(株)リトルモア　行

Little More 

ご住所　〒

お名前(フリガナ)

ご職業　　性別　　年齢　　才

メールアドレス

リトルモアからの新刊・イベント情報を希望　□する　□しない

※ご記入いただきました個人情報は、所定の目的以外には使用しません。

ご購読ありがとうございました。
アンケートにご協力をお願いいたします。

voice

お買い上げの書籍タイトル

ご購入書店

市・区・町・村　　　　　　書店

本書をお求めになった動機は何ですか。

□新聞・雑誌・WEB などの書評記事を見て（媒体名　　　　　　）
□新聞・雑誌などの広告を見て
□テレビ・ラジオでの紹介を見て／聴いて（番組名　　　　　　）
□友人からすすめられて　□店頭で見て　□ホームページで見て
□SNS（　　　　　　）で見て　□著者のファンだから
□その他（　　　　　　）

最近購入された本は何ですか。（書名　　　　　　）

本書についてのご感想をお聞かせくだされば、うれしく思います。
小社へのご意見・ご要望などもお書きください。

ご協力ありがとうございました。

いただいたご感想は、全文または一部抜粋のうえ、本の宣伝等に使用する場合がございます。

あなたは画家だから
（そして画家というのは見るひとのことだから）
つまらない質問に答えるかわりに立ち止まる
誰も彼もどこかへ向かっている街のまんなかで
何をそんなに急ぐんだろう　みんな
何か役に立つものを作ろうとして？
何か物語の一員に加わろうとして？
思わず誰かの後ろ姿を追いかけて？
それとも何かもっと重要な――

あなたにはよくわからない
とにかくどこかここではない場所へ
人間を方向づけ　押しだしてゆくすべての
記号が　何のために存在するのか

（僕たちは矢印から身を守らなくっちゃ）
ぜんぶの記号がなくなった世界について
あなたはよく夢みていた

空にはひとつの色調があり
それさえ移り変わる
見ることは
壁になることに似ている
歩き去る人の目に一瞬映った街角の貼り紙が
それよりずっと長い時間をかけてその人を見送るように
ひとりきりで　黙って
何も動かさず　動かず
そういうふうにしなければ

見ることのできない夜明けがあって
（壁になるのはとても簡単なのに
　誰もやろうとしない——ね、ふしぎだと思わない？）
ある日　色調は壁を煉瓦色（バーントシェンナ）に染める
澄んだ　柔らかな
誰かの瞳のような
朝がくる

囁く声。

もっとすくなく。
もっとあかるく。
もっとやさしく。
もっと　かるく。

巨大な風船みたいなクエスチョンマークを頭上に掲げ
必要以上に悲愴にならないように
必要以上に何かに奉仕せぬように
あなたは心がけた
（ほんとうは　絵に　できることなんてない）
（絵は　木のように　あればいいものだから）
人工物が自然の毛細血管に接続されて
見たこともない生物相を織りなす場所で
口角をほんのすこし持ちあげ
深い暗がりに迷いこみ
あくまで楽しげに
不条理を一枚ずつ乾かして

そこから抜けだすと大きな伸びをひとつして
羽根も生やさないまま淡い星空への階段をのぼり
青く　青く　浮かんで

水平線に
飛ぶものがある
記号を知らずに生きるのは
どんな気分だろう?

やがて
大きなたっぷりした机がひとつ
温かな蜂蜜色の光を浴びる場所で

濃く淹れたコーヒーの湯気が
朝靄に擬態して揺蕩うとき

パン生地を捏ねるかわりに
あなたは線を一本引く
息づくすべての有機物と無機物とに
等しく訪れる色調
その一日の
始まりに
立ち止まるために

私の手

人間の手。
この器用でずる賢い
触ると冷たく温かい
力を込めれば思いがけず強く
空白にかざせば頼りない
私の手。

たいていは、掴んだり
洗ったり、抱きあげたり
支えたり、拾ったり
渡したりしてばかりいる。

ときには、描いたり、奏でたり
やわらかいものにそっと触れたり
ちょっとぶらぶらしてみることもある。

日ごとのその手のはたらきが
それ自身のかたちをすこしずつ
だれにも気づかれないうちに変える。

そして　いつかある日
だれかがみつけるだろう
大工の手が
酪農家の手が
ピアニストの手が
画家の手が

昨日と同じように
一週間前と同じように
四〇年前と同じように
そこではたらいているのを。

そのとき　私の手は——
この弱気で気難しい
触ると冷たく温かい
嫌になるほど貪欲で
それでも優しくあろうとして
あなたに（そう、あなたに）
差しだす機会を窺っている
小さな小さな　人間の手は——
どこでどうしているだろう？

七月音頭と鹿

棚田とはぜの木

はぜの木。
苔むした
石垣、棚田の
段々の。
誰かの植えた
ばらの花。
雨に濡れて
朽ちかけて。
菜花の色の
ヘルメットの人が
泥土を掘り。

雨に濡れて
ぬかるんで。
あ、金柑。農地（田）を
なおしています。
蝋梅。
墓の掃除へ。
道の駅へ。
水害の瓦礫。
小さな橋を渡って。
あっちのは流されたけん
こっちのを渡って。
みどりの水の流れの落合い。
また、はぜの木。

餘家さんと藤本さんの話

　　　晩秋の
羽目を外した若者たちは
紙の飾りをまとって踊り
聖なる鹿になっては踊り
跳ねる力のある限り――
（絵はかなわんぞ、あんたがお描きな。）
ここからは呉に行き
戦地で死んだ人はなく
みな帰ってきた

昔は木挽きがいて

山で皮を剥ぎ
馬で運びだして
船に乗せて。
(働かにゃ、飯が食えんけん。)
村の人以外に
見てくれる人もおらんでも
いい仕事をしておけば
たのしいもんじゃ
石垣積みなら
二度と崩れないような……

神社の椿はほたほた散って
茅葺きの阿吽の門を
一面の明るい杉苔と

犬の吠える声のこだまと
山を舐めていく霞が
取り巻いている

七月音頭と鹿

わたしが歌うとき
あなたがたは音頭をとろう
あなたが歌うなら
わたしたちが音頭をとろう
手拍子はらほら　誘われて
春の朝
峠のどこか
鹿たちは集まって水を飲む
この土地に豊かに静かに湧く水を
おいしそうに　まるで
年越しの酒を飲むように

豊穣の酒を飲むように
祝言の酒を飲むように

スケッチに出かけた先生

吠える犬が散歩に出て
慎ましく石垣を通り過ぎ
また帰ってきて吠えだす
小さな重機もひとりきり
郵便やさんもひとりきり
　　わからないことはひとに
　　　訊くのがいちばん。
しめ縄の綯いかたを教わった校長先生は
もう次の年の準備を始めて
正しいのは左綯いですか、
右綯いですか。

スケッチに出かけた
先生を探している

霧雨に濡れた山肌を
高く鳴いて過(よ)ぎってゆく鳥
　　　　piiitsch tschpiiiiiii!
赤い煙のように見えたのは
土砂の崩れた跡

誰も
いないように
見えるかもしれないが
　　　　あ、ほら
いま通ったのは
和尚さんの車

嬉しいむかしばなし

どこへ行くんで？
まわっておいで。
そう、ねえ。
お茶よばれようか。
こう、男水仙と女水仙。
芯がな、違うのよ。

あの日
置き手紙の指示に従って
学校から帰ればひとつひとつ仕事をした
お弁当にはいっぱいにお米を詰めて
風邪の日の優しいごちそうは卵焼き

松山へ子守にいって毎晩泣いたけれど
お風呂は道後温泉でもらって——
　思いだす、思いだす。
　ふしぎなものだねえ。
きっぱりと働いたねえ。
いまはなんだって買えるねえ。
どっちがいいかなんてわからない

お蚕はばりばりばりばりばり
土砂降りみたいに桑の葉を食み
お湯はくらくらくらくら湧き
つばめは毎年毎年来て
卵も雛も蛇が狙うから
私たちは蛇の番をした

つばめが可哀相じゃけん。
天井裏にはむささびがいて
ばたんばたんばたんばたん
人間が歩くみたいに――
山羊の乳で育った三男坊は
とてもよく肥った

昔はね。負イコかろわん日はない。
なんかしてカネモウケしてな。
空いとるとこは何でも植えた。
いまはなすびを作っております。
今日また抵抗の歌は歌われ
川では重機が働いている
六十年に一度の竹の花よ

今年お前は咲くのかね

明るいところを歩く

ある庭で

抽象的な部屋に暮らして
喉がひどく乾いていた
山の朝のような
ことばがほしかった

赤い鉄橋を渡って
すこしこわい思いもして
辿り着いたその庭には
人外の夜がもう来る
ぬばたまの　大きな安心に
踝（くるぶし）ふたつ　投げいれて

ぱちん・しゅう、
　ぱちん・しゅう、
電燈の熱にやられた
羽もつ虫が落ちてくる
座卓のうえに
座布団のうえに
そのすぐ隣に睡り(ねむ)をひらいて

よんでほしいな。
うたってあげよう。
まだ果たされない約束を
潮騒みたいに耳に宿して
明るい霞が森を発つ朝

昨晩どこかで熾された火は
すっかり冷たい灰になる

開け放たれた縁側で
とても大切な誰かの声を
いまはできるだけ忘れて座る
終わりゆく夏も
微睡(まどろ)む文字も
ここにあるのは
ここだけだから

湖に届く窓をひらいて
熱いコーヒーをいれてこよう
誰も　みな　仮の主(あるじ)

あとすこし　ここで

――ぱちん・しゅう、

ぱちん・しゅう。

蝶の夢

夢の後ろで
出口の閉じる音がした
思ったほどかなしくなくて
すこし驚きながら　目醒めた

白い二の腕を振りかざし
わたしだけが　どこへでも
抱き締めにゆく暴力を
手放せずにいるような
不安というより
難しい門の前から

動けずにいるような
ずっと　気持ちだった

互いの寝室に潜りこんで
朝陽にはだしを並べたり
永遠にまだ　生きるみたいに
平然と議論を重ねた場所は
温かい飲みものに　溶けて

静かな雪の降る　ある日
わたしたちは同じ夢を
別々のことばで冷やす
そうとは知らず
別々の花の　傘に隠れて

次は何に　生まれるだろう
雪の降る日に　傘から出て
世界の冷たさを両眼に
染ませにゆくような
蝶になれるだろうか

泥んこ遊び

継ぎ目ない土

つかみどころのないものが
ぎりぎりかたちをたもっている
めざめるときをまつこともなく
なにかになろうとするわけでもなく
いきることとしぬことをどちらもふくみ
つよくなったり　かとおもえば　よわくもろく
ちからをてばなして　じかんをてばなして

穴を掘る手

あかるい光が頭上に射す
なんども同じ動き
を　繰り返して　深く深く
ほしの瞬く頃まで休まず　人間界を
るすにして　ひたすら進む　もしかして
てんごく　かな?

詩人

登山靴を一足もっています
ずっしり重い靴なので
出番はそんなに多くありません

それを履いて踏みだすと
もう足もとしか見えません
山頂なんてどこにも見えず
視界には道の脇を覆う笹と
温い水にたかる蠅と
ほんの前方の巨岩ばかり
だんだん息があがってきます

靴底に薄い地層があります
泥土　雪渓　花崗岩　湿地
樹林帯　濃霧　ハイマツの尾根
ほんの八年九年
それでも八年九年
私とぼちぼち歩いてきた靴

山では挨拶をします
見知らぬあなたが無事に目的地へ到着できますように
こ　ん　に　ち　は
見知らぬあなたが事故や怪我なく下山できますように
こ　ん　に　ち　は
見知らぬあなたの履いている登山靴が
きょうの終わりまであなたを保護しますように

あなたは暗い部屋の隅で憂いたり絶望したりしません
あなたは手元の地図で正しい分岐を来ているか確認します
あなたはどこで休憩をとるか自分できめます
泥土　雪渓　花崗岩　森林限界　雷鳥坂
あなたはあなたのペースで行動し
うれしい景色には素直にさけぶ

登山靴を履いて踏みだすと
私は遅くなります
急な傾斜のために
靴の重みのために

最後まで歩き通すために必要な遅さを
私は取り戻してゆきます

燕岳、秋、立つ

雨は合戦小屋から降りだした
雲の粒子が前後を覆って
歩いても歩いても
とめどなく近景

この山をこんなに好きなのに
私の着くのはいつも短い夏のあと
屈託のない絶景には一歩遅れ
軽い目眩を引きずって
いちめんの白に包まれている

ひとけのない山荘の戸外では
草と　花が　揺れているだけ
巨大な紙にほそい線で描いた
柔らかな　滴る　たわみ

砂のうえでは岩ひばりが二羽
もつれあって遊んでいる
ここでの遊びかたを私に教えた
もうずいぶん昔からの
懐かしい友達

次こそは山の春に
間に合いたいような
見えないものばかり　このままで

じゅうぶん受け取っているような

草と　花は　水を含んで
たっぷり　重く　堂々と
何にも困らず　揺れている

循環に、混ぜてもらう

山靴の紐をぎゅっと締めて、登山口に立つ。ふかふかの土の積もった、山道の始まり。足を踏みいれると、道に落ちた小枝が私の靴に踏まれて、ぱきんと鳴る。道の片側に、壁のように続く斜面を、木漏れ日が淡く照らして揺れている。ブナ、ダケカンバ、カツラ。さらさらと翻る葉を重ねて重ねて繁らせた広葉樹たちを見上げて、おはよう、よろしくお願いします、と口のなかで唱える。

冷たい空気を吸いこむ。肺に、からだじゅうに、透明な栄養が満ちる。最初のうちは、下ばかり見て歩く。ごつい木の根や、大股で乗り越えなければならない岩や、倒れてどれくらい経つのか検討もつかない倒木に注意して、転ばないように、怪我しないように。すぐに息があがってくる。私は上着を一枚脱ぐ。風が、首筋をすーっと抜ける。

尾根筋に出るまでは、たいてい急な登りが続く。登って、登って、登ってゆく。橋を渡る。ときどき腕時計でペース配分をみる。道標に行き当たるとほっとして、地図をひっぱりだして現在地を確かめる。また、風。虻が一匹、耳元にぶうんとやってきて、いなくなる。

突然、樹林が途切れて、眺めがよくなる。ダム湖が、あるいは谷底のせせらぎが、あるいはひとつ向こうの山並みが、すかんと見える。ちょうどいいところに、ちゃんとベンチが用意されている。丸太から作られたそのベンチに座って、すこし休む。水場があれば、手で水を掬って飲んでみる。

やっていることと言えば、歩いて、休んで、また歩いて、それだけ。なのに、都市の道を歩くのとは、何もかもが違う。山では、次に出す一歩を、身体ぜんぶ、五感ぜんぶで判断する。ふだん使いそびれている感覚器官がもぞもぞ動きだして、小躍りする。

私の吐いた呼気の二酸化炭素が森にのみこまれ、森の酸素を私がのみこんで、私の身体と森の境界線は、曖昧になる。うまくいけば、ちょうど水の中に水があるように、私は森にいることができる。頭を働かせることと身体を動かすことが、ここでは等価だから、私は一匹の小動物として、森の静けさに私ぜんぶを委ねる。植物と動物と、虫と菌類と空気の循環に、混ぜてもらう。

バックパックをがさごそあけて、ドライフルーツとエネルギー飲料を出して、補給する。プラムや蜜柑や梅干しがあればもっといい。汗が引き、視界がひらけて、私はまた歩きだす。

花が咲いている。たとえばヒメシャガ、たとえばシャクナゲ、たとえばハクサンボウフウ。苔や地衣類が横溢している。杉苔、銭苔、それから、大好きなサルオガセ。いつか生まれかわったら、八ヶ岳で見たふわふわのサルオガセになってみたい。高い梢から盛大に垂れ下がり、山に満ちる水分をいっぱいに蓄えて、永遠に醒めない夢みたいにいつまでも増殖しながら、揺れていたい。

目的地はいきなり現れて、いつも私をびっくりさせる。足はもう限界だけど、まだもうすこしだけ歩いていたかったような気がする。いやいや、歩いた歩いた、じゅうぶん歩いた、と自分に言う。ほら、もう、山にいる。もう歩かなくても、大丈夫。見渡す向こうも、ずうっと山。山の色は、空よりもすこしだけ濃い青に染まっている。真夏まで消えない雪の渓、いつかの土砂崩れの痕が、深く、幾筋も、その肌に刻まれている。

手近な崖に座りこんで、靴を脱ぎ、よく頑張った両足をぶらぶらさせる。そこに山小屋があれば、平地の三倍くらいの対価を支払って缶ビールを買う。ぷしゅっとあけて飲む。それは平地で飲むのとは比べものにならない美味しさで、まるで最初から私の血液だったみたいに、体内に溶けてしまう。

山の夜空はどこまでも暗く、かと思えば星がびっしりきらめいて、私は『ハックルベリー・フィンの冒険』の一節を思いだす。「ジムは、月が星を生んだのかもしれねえと言った。どうやらそれももっともらしく思われたから、おらは何も反対しなかった。以前にカエルが星の数くらい卵を生むのを見たことがあるんで、月が生んだっておかしくねえと思った」。

山小屋で過ごす夜に灯る、柔らかくて弱い明かり。都市の住宅に備わる、部屋じゅうをくまなく晒してしまう照明と違って、それは建物のあちこちにちゃんと闇の余地を残す。消灯後、私はいつか見た山雑誌の広告に倣って、布団に潜りこんでヘッドライトをつけて本を読み、一日の出来事をコクヨの測量野帳に記録する。ほかの登山客は寝静まって、小屋主たちがくつろいで談笑する声が、階下からかすかに聞こえてくる。

夜明け、山あいには霧が立ちこめて、立ちのぼり、流れ去る。さっぱりと洗われてきらきら光る林を、一歩一歩惜しむように下る。私はとても満ち足りていて、ここにいれば何もいらないのに、なぜ帰るんだろう？　そう思う一方で、私の思考は研ぎ澄まされて、次の仕事に向かう。まるで一晩で土の下に育つ霜柱みたいに、言葉がむくむく湧いてくる。

下りの道をずいぶん来た頃、せせらぎの向こうには、きれいな鹿が一頭、慎重に距離をとりながら、こちらをじっと見つめている。よく見るとその奥にもう二頭、子鹿がいる。あなたに会えて嬉しい、と私は静かに言ってみる、こういうとき、言葉は通じると思うから。それから、そっと、通り過ぎる。山道の終わりは、もうすぐそこだ。

※マーク・トウェイン著『ハックルベリー・フィンの冒険』（西田実訳／岩波文庫）からの引用があります。

水を汲む

あなたに水をのませてあげる
黄色い重機がくだってくる朝
山へ向かう電車に乗って
わたしは光に浸した指で
薄い紙に触れている

文庫本の端が波立って
それは未来が明るい徴
わたしはここで乗り換える
どこからか笑顔を手配して
占うのはもうやめる

隣の人の画面の中では
表情の薄いカウンセラーが
自分の機嫌を自分で取れと
教えながら泣いている
「価値のある人間でありなさい」
いいえ　縋るのはもうやめる

あなたに水をのませてあげる
その水をわたしは汲みに行く
湧き水とも井戸水とも
貯水池とも違う味の水を

わたしたちの隙間をくだる

乾きやすい　か細い支流まで
寄り道せず　ひとりで

癒える

羽根を広げた川鵜が　黒い彫刻になって
やわらかな流れのうえに　留まっている

河口へ続く遊歩道の
いつも同じ　みちすじ
その藪で変わり続ける
なにかの気配

百日紅　松　夾竹桃
椋鳥たちの午後が終わる頃
小さな厚い雲のかけらから

太陽が　ぽとりと姿を見せる
自分を隠したものを光らせて　ここへ
生まれるように　落ちるように

パサージュ

もう　いないけれど
いまよりもすこし前
ここではたらく人が
この通路を行った
そう　向こうへ

もう　いないけれど
いまよりもすこし前
ここでやすんだ人が
そっと立ちあがった
そう　そのベンチ

もう聞こえないけれど　いつか
ここに建つ工場の片隅で
新品のモーターが
ぶーんと唸った

もう見えないけれど　いつか
砂丘から辻風が吹きあげ
シャミセンガイの標本を揺すり
いちめんの芋畑の緑を
きいろく覆った

川が流れはじめた日のことを
知る人はいない

いまよりもすこし前を
地層の隙間にさがして
いまここに
わたしはひとり
確かにあなたと一緒にいる
誰も知らない始まりの
終わりに腰かけて

私は思い描く

私は思い描く

Picture a train heading south.

私は思い描く、南へ向かう列車を。

私は思い描く、あなたの今朝のあくびを。

私は思い描く、夏のシーツを渡るテントウムシの速度を。

私は思い描く、清掃業者が鍵を閉めて出ていった部屋の隅に、ゆっくりと舞い落ちる埃を。

　海に降る雨を思い描く。

　テラス席の光を思い描く。

　真夜中の図書館を思い描く。

私は思い描く、疲れて沖に浮かぶかもめを。

私は思い描く、空いっぱいに浮かぶ気球を。

私は思い描く、夕立をやりすごす雀たちを。
私は思い描く、いますぐ会って抱きしめたいひとを。
　離陸する飛行機を思い描く。
　真昼の空の星座を思い描く。
　群島をむすぶ船の航路を思い描く。
私は思い描く、映画館の暗闇で流れる見知らぬ誰かの涙を。
自分だって同じ涙を流しているのに、彼と知りあわないまま別れる贅沢を。
私は思い描く、古いビルの屋上で誰かが爪弾くギターの音と
暖かい満月と、手に手に強いお酒を持って語らうひとびとを。
私は思い描く、ひとびとが帰っていき、ラブソングの転調のように
　夜風が冷たくなる瞬間を。
　知り合いに偶然出くわす都会のある日を思い描く。
仕事終わりにそのまま飲みにいっちゃう夕方を思い描く。
着る機会を待っている、着ると嬉しくなる服たちの出番を思い描く。

私は思い描く、萎れかけの花の、匂いたつ肢体を。
私は思い描く、庭の草陰にねむる、生きものたちの寝息を。
私は思い描く、洗いたての濡れた髪、毛先がゆっくり乾く匂いを。
私は思い描く、まだ訪れたことのない町を——たとえばダブリンを。
私は思い描く、打ち捨てられ、緑の苔に包まれてゆく銃と戦車を。
　隣の部屋に住む人の、睡眠時間を思い描く。
　夜のカフェがともす灯りの、確かな明るさを思い描く。
　夜明けの猫たちを思い描く。
　死者の国を思い描く。
　コップ一杯のきれいな水を思い描く。
私は思い描く、人類最初の戦争が始まった日の前の日を。
私は思い描く、影になって消えたあなたの始めようとしていた一日を。
私は思い描く、地上に爆弾の落ちることのないある日を。
私は思い描く、その日の静けさを。

私は思い描く、世界中の詩人たちの現在地を。
私は思い描く、閉館後のショッピングモールを。
私は思い描く、世界中の本屋さんの今日の売れ行きを。
私は思い描く、世界中の劇場の舞台袖の歴史を。
私は思い描く、建物の壁に最初のひび割れが刻まれる瞬間を。
私は思い描く、夜のどこかで痙攣しているあなたの瞼を。
　氷河期を思い描く。
　橋を思い描く。
　山をひとつ、思い描く。
私は思い描く、山頂からみえる景色を。
私は思い描く、青く澄みわたる湖の静寂を。
私は思い描く、雪渓を吹き上げてくる冷たい風を。
私は思い描く、陽に照らされて消える朝露の最後のひと雫を。
私は思い描く、けさのレタスを収穫しにゆくトラックの立てる走行音を。

私は思い描く、私の靴底が運んだ種からまだ名前のない草花の芽吹くのを。
　体内を巡る血の流れを思い描く。
　理想的な作業机を思い描く。
　夏の美術館の静寂を思い描く。
　いまのいま、どこかで一杯のコーヒーのために沸騰しているお湯の総量を思い描く。
私は思い描く、人々の口元が顕わになる日を。
その日に選ぶ口紅の色、その日最初に話しかける相手を。
私は思い描く、もう味わうことのできない味を。
あの店でたのしく働いていた人々を。
私は思い描く、逃げのびたあなたの心を。
湖を覆う霧が晴れてゆくように、それが静かに晴れてゆくのを。
私は思い描く、ほんとうの議論を。
半導体のように通電する言葉を。
私は思い描く、ひとりぼっちで踊る歓びを、それから大音量を浴びて誰かとめちゃくちゃに踊る歓びを。
　夏祭りを思い描く。
　打ち上げ花火を思い描く。
　詩を一篇、思い描く。
私は思い描く、人類の誕生以前から繰り返されてきた夏至の日の日没を。
私は思い描く、落下する雨粒が一生のうちに目撃する景色のぜんぶを。
私は思い描く、いつか私が出会い、もう忘れてしまった人の暮らしを。
私は思い描く、いつかあなたが出会い、まだ忘れられない人の笑った顔を。
私は思い描く、きのう生まれたものの瞳に、いま映っている光景を。
私は思い描く、あしたの天気を。

※リチャード・パワーズ著『ガラテイア2.2』（若島正訳／みすず書房）からの引用・参照があります。

初出一覧

暗闇に手をひらく

巻頭詩／私の手　コンサート「暗闇に手をひらく」（代官山ヒルサイドプラザ・二〇二二）
始まる日　「AM4:07」創刊号（七月堂）
あとに残らないものを作る　「現代詩手帖」二〇二四年六月号（思潮社）
風の匂いを四人で嗅ぐ　「三田文学」No.150（三田文学会）
作って食べる　「MONKEY」Vol.28（Switch Publishing）
女ともだち　「SPUR」二〇二二年六月号（集英社）
青い鳥たち／襟ぐりをひらく　「WORKSIGHT」21号（コクヨ）
記念写真　「浅田政志展」関連イベント（KAAT神奈川芸術劇場 中スタジオ・二〇二三）
蒔かれる　「蒼海」24号（蒼海俳句会）
立ち止まるために　『フォロンを追いかけて Book2』（ブルーシープ）

七月音頭と鹿

二〇一九年一二月から翌年二月にかけて、二〇一八年の西日本豪雨で大きな浸水被害を受けた愛媛県大洲市大川地区に点在する集落を訪ね、土地の方々の話を伺う機会に恵まれました。営まれてきた暮らしや土地に伝わる歌や踊りを題材に五篇の詩をまとめた冊子「大洲大川心象風景」を制作し、二〇二〇年の春分の日に現地で朗読会を行いました。その全篇を収録しました。

明るいところを歩く
「望星」二〇二二年三月号（東海教育研究所）

蝶の夢
泥んこ遊び
エルメス財団主催スキル・アカデミー「土に学ぶ、五感で考える」成果発表展・関連ワークショップ（銀座メゾンエルメス フォーラム、二〇二四年八月）内にて制作・発表しました。

詩人
「望星」二〇二一年十一月号（東海教育研究所）

燕岳、秋、立つ
読売新聞 二〇二三年八月二十五日付夕刊

循環に、混ぜてもらう
「Numéro TOKYO」二〇二四年四月号（扶桑社）

癒える
「文藝春秋」二〇二四年五月号（文藝春秋）

パサージュ
展示「テラスアート」（テラスモール湘南・二〇二二）

私は思い描く
展示「新・今日の作家展 世界をとりとめる」（横浜市民ギャラリー・二〇二二）

※そのほかの作品は書き下ろしです。

大崎清夏（おおさき　さやか）

一九八二年、神奈川県生まれ。二〇一一年、ユリイカの新人としてデビュー。

詩集『指差すことができない』で中原中也賞受賞。

詩集に『地面』（アナグマ社）、『新しい住みか』（青土社）、『踊る自由』（左右社）、
初期詩集三作をまとめた『大崎清夏詩集』（青土社）など。

その他の著書に『目をあけてごらん、離陸するから』（リトルモア）、

『私運転日記』（twililight）などがある。

協働制作の仕事に、奥能登国際芸術祭パフォーミングアーツ「さいはての朗読劇」

（二〇二二、二三年）の脚本・作詞、舞台版『未来少年コナン』（二四年）の劇中歌歌詞、
オペラ『ローエングリン』（二四年）の日本語訳修辞など。

山の暮らしに憧れながら、海辺に暮らしている。

暗闇に手をひらく

二〇二五年一月一日　初版第一刷発行

著者　大崎清夏
ブックデザイン　服部一成　榎本紗織
編集　當眞文
発行者　孫家邦
発行所　株式会社リトルモア
〒一五一－〇〇五一
東京都渋谷区千駄ヶ谷三－五六－六
電話　〇三－三四〇一－一〇四二
ファックス　〇三－三四〇一－一〇五二
https://littlemore.co.jp

印刷・製本所　株式会社シナノパブリッシングプレス

 ISBN 978-4-89815-599-8

視覚障害、読字障害、上肢障害などの理由で本書をお読みになれない方には、テキストデータを提供いたしますので、左記までお申し込みください。ご購入確認のため、領収書等の写真やデータの添付をお願いいたします。ご不明点がありましたら、お電話でもお問い合わせください。メールアドレス：info@littlemore.co.jp